LIBRAIRIE PAUL OLLENDORFF.
28 *bis*, rue de Richelieu, — PARIS.

DERNIÈRES PUBLICATIONS

SERGE PANINE, pièce en cinq actes, par Georges Ohnet, (Gymnase-Dramatique), in-18, 2e édition. . . . . 2 »
LE MAITRE DE FORGES, pièce en quatre actes et cinq tableaux, par Georges Ohnet, (Gymnase-Dramatique,) in-18, 11e édition . . . . 2 »
LE COUP DU LAPIN, comédie en un acte, par Gaston Briet et Cerfbeer, (Théâtre Déjazet), in-18. . . . . . . 1 50
RABELAIS NOVICE, comédie en un acte, par Pierre Robbe, in-18. . . . . 1 50
LE NOM, comédie en 5 actes, par Émile Bergerat, (Odéon), avec lettre-préface à Adolphe Dupuis, in-18 . . 2 »
SMILIS, drame en quatre actes en prose, par Jean Aicard, (Comédie-Française), 1 vol. grand in-8 cavalier. 3 50
UN CRANE SOUS UNE TEMPÊTE, saynète, par Abraham Dreyfus, in-18. . . . . 1 »
OSCAR BOURDOCHE, comédie en un acte, (Cluny), par E. Grenet-Dancourt, in-18. . . . . 1 50
TROIS FEMMES POUR UN MARI, comédie-bouffe en trois actes, par E. Grenet-Dancourt, (Cluny), in-18, 2e édition . . . . 2 »

SCÈNES A DEUX, par Adolphe Carcassonne, in-18. . 3 50
PIÈCES A DIRE, par Adolphe Carcassonne, in-18. 3 50
NOUVELLES PIÈCES A DIRE, par Adolphe Carcassonne, 2e édition, in-18 . . . . 3 50
A CÔTÉ DE LA RAMPE, comédies et saynètes, par E. Romberg, 1 vol. in-18. . . . . 3 50
MONOLOGUES COMIQUES ET DRAMATIQUES, par E. Grenet-Dancourt, in-18. . . . . 3 50
MONOLOGUES ET RÉCITS, par Émile Boucher et Félix Galipaux, in-18 . . . . 2 »
THÉATRE A LA VILLE, comédies de cercles et de salons, par Eugène Ceillier. 1 vol. in-18..................... 3 fr.
THÉATRE DE CAMPAGNE, par E. Legouvé, E. Labiche, H. Meilhac, E. Gondinet, etc., etc.
Ont paru les séries 1 à 8. Chaque série forme un volume in-18 jésus......................... 3 fr. 50

IMPRIMERIE GÉNÉRALE DE CHATILLON-SUR-SEINE, A. PICHAT.

GEORGES FEYDEAU

LE VOLONTAIRE

MONOLOGUE COMIQUE

EN VERS

dit par

FÉLIX GALIPAUX

du Palais Royal

Prix :

Un franc

PARIS

PAUL OLLENDORFF, ÉDITEUR

28 bis, RUE DE RICHELIEU, 28 bis

1884

LE VOLONTAIRE

MONOLOGUE COMIQUE EN VERS

DU MÊME AUTEUR :

AUX ANTIPODES, monologue provenço-comique, dit par madame Judic, du théâtre des Variétés, 2e édition........ .... 1 »

UN MONSIEUR QUI N'AIME PAS LES MONOLOGUES, monologue comique, dit par Coquelin cadet, de la Comédie-Française, 3e édition................ 1 »

LE MOUCHOIR, monologue en vers, dit par F. Galipaux, du Palais-Royal, 2e édition................ 1 »

LE PETIT MÉNAGE, fantaisie en vers libres, dite et illustrée, par Saint-Germain, du Gymnase .... 1 »

LA PETITE RÉVOLTÉE, monologue en vers, dit par mademoiselle O. d'Andor, des Variétés, 3e édition. 1 »

TROP VIEUX! monologue en vers, dit par Saint-Germain, du Gymnase, 3e édition.................... 1 »

LES CÉLÈBRES, monologue comique, dit par Coquelin cadet, de la Comédie-Française, 2e édition. 1 »

IMPRIMERIE GÉNÉRALE DE CHATILLON-SUR-SEINE. — A. PICHAT.

GEORGES FEYDEAU

LE VOLONTAIRE

MONOLOGUE COMIQUE EN VERS

DIT PAR

FÉLIX GALIPAUX, du Palais-Royal.

PARIS
PAUL OLLENDORFF, ÉDITEUR
28 *bis*, RUE DE RICHELIEU, 28 *bis*

1884

LE VOLONTAIRE

A Léon Landau.

Excusez ! C'est moi.... L'on prétend
Que le ministre de la guerre
Est ici? — C'est vrai? — Justement
J'ai plus d'une plainte à lui faire...
Depuis trois jours, de mon état,
Monsieur, si parmi nous vous êtes,
Apprenez que je suis soldat...
Quel métier! Mille baïonnettes !
Vous dire à quel point j'en suis las !

... Comme ministre de la guerre,
Nous ne savez peut-être pas
Bien ce que c'est qu'un militaire?
Affreux! — J'ai pincé dans trois jours
Vingt jours de salle de police;
Si cela doit durer toujours,
J'en aurai dix fois mon service.
... Lundi j'arrive; un vieux sergent
Me dit: « Holà! cré mill'tonnerre,
» C'qu'on salu'donc plus maintenant?
— Pardon, monsieur le militaire
» Fais-je alors, mais je ne crois pas
» Avoir l'honneur de vous connaître;
» Et je vous vois du haut en bas
» Sans parvenir à vous remettre.
— F'rez deux jours sall'polic' crebleu!
» C'est qu'ça donc? Vot'nom un peu vite? »
Tout abasourdi, voyant bleu,
Je tends ma carte de visite:
« C'qui m'a donné pareil crétin?
» F'rez deux jours! m'entendez? tonnerre!

» ... Crétin ! Oui... t-a-i-n tin ! »
Et j'ai mes quatre jours à faire.
Non, c'est révoltant, quoi qu'on dise,
De s'entendre à tous les moments
Punir à la moindre bêtise
Par de vulgaires ignorants ;
Par des gens qui, soir et matin,
Dans un style de télégraphe
Viennent vous traiter de « crétin ! »
Sans même y mettre l'orthographe.
... Enfin avant-hier, c'est plus fort !
L'on nous commande à l'exercice :
— Vous allez voir si j'avais tort. —
« Portez arme ! » Belle malice !
Moi qui ne suis pas un gogo,
Tout seul je reste l'arme à terre.
» Eh bien ! hurle-t-on, grand nigaud
» Pour quand ? — Oui, bernick ! petit père !
» Je n'aurai pas porté plus tôt
» L'arme, que, la chose est certaine,
» Il me faudra tout aussitôt

» La reposer! C'est pas la peine. »
Bien v'lan! Autre punition.
Oui! — Tenez, on nous crie en face
Plus tard : « droite conversion ! »
Et chacun de tourner sur place.
Quant à moi, je ne bronche pas.
Honte! est-ce ainsi que l'on débauche,
Que l'on débauche des soldats!
Mon père est député de gauche,
Honneur à son opinion!
A son parti je me rallie.
« Qui? moi! faire conversion
A droite? Jamais de la vie! »
Ça m'a valu ni plus ni moins,
Deux jours de salle de police!
Je les ferai! Mais néanmoins,
Je crierai haut à l'injustice....
Avant d'entrer au régiment
Je m'étais fait, plein de prudence,
Au colonel sournoisement
Recommander avec instance.

Sitôt l'exercice fini,
Couvant dans mon cœur ma colère,
Je demande à monter chez lui
Pour lui détailler mon affaire.
Il me reçoit d'un air grognon :
— D'ailleurs c'est toujours de la sorte, —
« C'est vous qu'on nomme Potiron ?
— Pruneau ! mon colonel. — N'importe !
» Pruneau, Potiron, c'est tout un.
» C'est toujours chose qui se mange,
» Et faut pas faire le malin
» Savez, cré nom ! ou je vous range !
» Vous m'êtes recommandé vous !...
» Par chose !... Que je me rappelle !
» Un de vos parents ?... Vertuchoux !
» Ce crétin !... comment qu'on l'appelle ?
» Un nom en « off » ? Ah ! Oui : « Trucard » —
— Non, mon colonel : « La Rusée ».
— Là dessus le voilà qui part,
Qui monte comme une fusée :
« Cré nom ! « La Rusée » ou « Trucard »

» C'est peut-être pas même chose?
» Me prenez donc pour un jobard?
» Faut pas nous la faire à la pose!
» Quand vous m'aurez bien regardé ?
» Coucherez ce soir à la caisse !
» Allez!... m'êtes recommandé,
» Vous!... Soignerai! Faut que ça cesse !
Moi j'écumais : « Ah ! c'est cela ?
» J'irai me plaindre ! » Il devient bistre :
« Cré nom !... prison ! ce crétin-là !...
» Et pouvez vous plaindre au ministre !...
— Mais certainement que j'irai !
» Ah ! bien, si vous croyez me faire
» Peur ! » et sans plus hésiter, j'ai
Couru bien vite au ministère
Et me voilà ! — Vous savez tout
Monsieur, et voyez mes supplices,
Comprenez-vous qu'on soit à bout
Devant toutes ces injustices.
Bien non ! c'est trop d'obsession !
Assez du métier militaire,

Acceptez ma démission...
Et ramenez-moi chez ma mère.

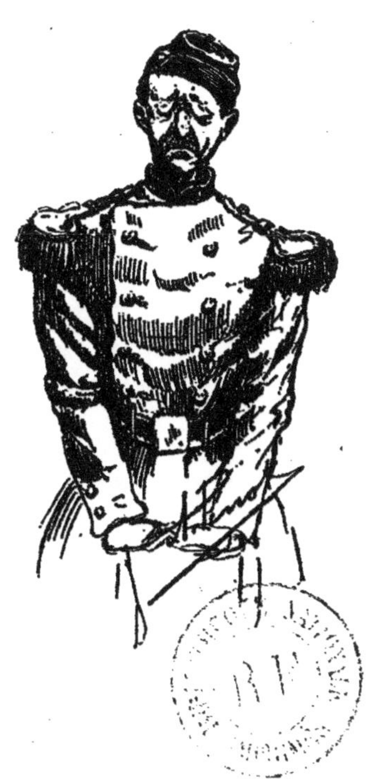

LIBRAIRIE PAUL OLLENDORFF

28 *bis*, rue de Richelieu, — PARIS.

MONOLOGUES

L'AIGUILLEUR, monologue en vers d'Alph. Scheler, dit par Worms, de la Comédie-Française . . . . 1 »

L'AMATEUR DE PEINTURE, monologue par Philippe Gille, dit par Coquelin cadet, de la Comédie-Française, (illustrations de Loir Luigi) . . . . 1 »

LES AMOUREUX, fantaisie en vers par Ch. Clairville, dite par C. Coquelin, de la Comédie-Française (illustrations de Cabriol). 1 »

APRÈS LE MARIAGE...? monologue par Paul Manivet, dit par mademoiselle Marsy, de la Comédie-Française, (avec une eau-forte par Paul Avril) 1 50

L'ASSURÉ, monologue en vers par Marcel Belloc, dit par Félix Galipaux, du théâtre du Palais-Royal . . . . 1 »

AU JARDIN DES PLANTES, poésie par Paul Lheureux, dite par Galipaux, du théâtre du Palais-Royal . . . . 1 »

AUX ANTIPODES, monologue provenço-comique par G. Feydeau, dit par madame Judic, du théâtre des Variétés . . . . 1 »

LE BAIN, monologue par Charles Samson, dit par Félix Galipaux, du théâtre du Palais-Royal . . . . 1 »

LE BIJOU PERDU, monologue en prose par Louis Bridier et Édouard Philippe . . . . 1 »

LE BON DIEU, monologue comique, par E. Grenet-Dancourt, dit par Coquelin aîné, de la Comédie-Française. . . . . . . 1 »

LE BOUDINÉ, thèse en vers, par V. Revel, soutenue par Georges Noblet, du théâtre du Gymnase . . . . 1 »

LE BOUTON, monologue en vers par Hixe, dit par A. Des Roseaux. . . . . 1 »

LES BRETELLES, monologue en vers, par V. Revel, dit par Coquelin cadet, de la Comédie-Française. . . . . 1 »

LES CÉLÈBRES, monologue comique, par Georges Feydeau, dit par Coquelin cadet, de la Comédie-Française . . . . 1 »

C'EST LA FAUTE AU SILLERY! monologue en vers (avec illustrations), par Desmoulin, dit par Berthelier. 1 50

LES CHAPEAUX, par J.-G. Vibert, conférence faite au théâtre des Variétés par Berthelier, édition illustrée de 20 dessins, in-4. 1 50

LA CHASSE monologue comique par E. Grenet-Dancourt, dit par Coquelin aîné, de la Comédie-Française . . . . 1 »

LE CHEVAL, monologue par Pirouette, dit par Coquelin cadet, de la Comédie-Française (illustrations par Sapeck). 1 50

LE CHIRURGIEN DU ROI S'AMUSE, monologue par Arnold Mortier, dit par Coquelin cadet, de la Comédie-Française (illustrations de Sapeck). . . . . 1 »

LA CONFESSION, duo mimique par un seul personnage, de Paul du Crotoy et F. Galipaux, dit par F. Galipaux, du Palais-Royal 1 »

COQ-A-L'ANE, monologue en vers, par M. Belloc, dit par Coquelin aîné, de la Comédie-Française. 1

LE COSTUME DE PIERROT (histoire vraie), mo[illegible] [illegible]ue dramatique en vers, par Alphonse Scheler, dit [illegible] [illegible]dame Sarah Bernhardt . . . . 1 »

DE LA PRUDENCE! monologue en prose, par A. Guillon et A. Des R., dit par Armand Des Roseaux. . . . . 1 »

LE DÉPUTÉ, monologue par E. Morand, dit par Coquelin cadet, de la Comédie-Française . . . . 1 »

L'ÉLECTION, monologue en vers par Julien Berr de Turique, dit par Coquelin cadet, de la Comédie-Française . . . . 1 »

EN FAMILLE, monologue en prose (avec illustrations), par G. Moynet, dit par Coquelin cadet, de la Comédie-Française. 1 50

L'EMPLOYÉ, monologue en prose, par Édouard Noël, dit par Coquelin cadet, de la Comédie-Française. . . . . 1 »

L'EXAMEN DE CONSCIENCE, monologue en vers par A. Mélandri, dit par mademoiselle Reichenberg, de la Comédie-Française. 1 »

FLIRTATION, monologue, par Eugène Adenis, dit par Coquelin aîné, de la Comédie-Française. . . . . 1 »

LES FOUS, poésie comique par Ch. Samson, dit par Coquelin aîné, de la Comédie-Française . . . . 1 »

GOBART, monologue, de G. Moynet, dite par Coquelin cadet, de la Comédie-Française. 1 »

LA HALLE AUX BAISERS, par A. Melandri, illustrations de Willette. 1 50

L'HOMME MAIGRE, monologue, par Robert de Lille, dit par un homme gras . . . . 1 »

L'HOMME PROPRE, monologue en prose, par Ch. Cros, dit par Coquelin cadet, de la Comédie-Française, illustrations de Cabriol . . . . 1 »

L'HOMME QUI BAILLE, monologue comique, par E. Grenet-Dancourt, dit par Coquelin cadet, de la Comédie-Française. . . 1 »

IDYLLE PARISIENNE, monologue en vers, par Georges Gillet, dit par Deroy, du théâtre de la Gaîté. . . . . 1 »

JE NE VEUX PLUS AIMER, monologue, par Julien Berr de Turique, dit par Georges Guillemot, du Gymnase. . . . . 1 »

JE VOUS AIME! monologue en vers, par Alphonse de Launay, dit par Mlle Lincelle, du Vaudeville. . . . . 1 »

LE LAMENTO DU COQUILLAGE, insanité rimée par Melandri, dite par Coquelin cadet, de la Comédie-Française (Illustrations de Moloch) . . . . 1 »

LA LETTRE ROSE, monologue, par Alphonse de Launay, dit par Mlle Marguerite Conti, du théâtre de la Renaissance. . . . 1 »

SPÉCIALITÉ DE LA MAISON, monologue en prose, de J. Guérin, dit par F. Galipaux, du théâtre du Palais-Royal. . . . . . 1 »
LES SOUFFLETS, naïveté en vers par V. Revel, dite par Mlle Lina Hermann, du théâtre de la Renaissance . . . . 1 »
SUR LE TERRAIN, monologue par Adolphe Tavernier, dit par Coquelin cadet, de la Comédie-Française. (Illustré par Henriot. . . . . 1 »
SUR LES MAINS, monologue en prose par H. Passerieu et Félix Galipaux, du théâtre du Palais-Royal. . . . . 1 »
LE TIMBRE-POSTE, monologue en vers, par André Herman . . 1 »
TOT-Z-OU TARD, monologue en vers par Max. Le Gros, dit par Félix Galipaux, du Palais-Royal . . . . 1 »
TROP VIEUX! monologue en vers, par Georges Feydeau, dit par Saint-Germain, du Gymnase . . . . 1 »
UN BILLET, monologue en vers par Julien Berr de Turique, dit Mlle Rachel Boyer, du théâtre de l'Odéon. . . . . 1 »
UN CANARD, monologue en prose (avec illustrations), par G. Moynet, dit par Coquelin cadet, de la Comédie-Française. . 1 50
UNE PRÉSENTATION, monologue en prose, par Mlle J. Thénard, de la Comédie-Française. . . . . 1 »
UNE SOURIS, monologue en vers, par Hippolyte Matabon, lauréat de l'Académie-Française, dit par Coquelin aîné, de la Comédie-Française . . . . 1 »
UN HOMME A LA MER, monologue en prose, par E. Morand, dit par Coquelin cadet, de la Comédie-Française. . . . . 1 »
UN MARI, naïveté en vers, par V. Revel, dit par Mlle Maria Legault, du Vaudeville. . . . . 1 »
UN MONSIEUR QUI A UN TIC, monologue en prose, de F. Galipaux et Ch. Samson, dit par F. Galipaux, du Palais-Royal. 1 »
UN MONSIEUR QUI N'AIME PAS LES MONOLOGUES, monologue en prose, par Georges Feydeau, dit par Coquelin cadet, de la Comédie-Française . . . . 1 »
UN PRIX DE DOUCEUR, monologue, par Louis Tognetti . . . . . 1 »
UN SCENARIO, par mademoiselle Thénard, de la Comédie-Française, dit par Coquelin cadet, de la Comédie-Française . . . 1 »
LA VIE, monologue comique, par E. Grenet-Dancourt, dit par Coquelin aîné, de la Comédie-Française. . . . . 1 »
LE VIN GAI, monologue en vers, par Delannoy, du théâtre du Vaudeville . . . . 1 »
LE VOLEUR VOLÉ, anecdote oubliée par Anacréon, mise en vers par Paul Bilhaud (Illustrations renouvelées de l'antique par H. Gray). . . . . 1 »
LE VOLONTAIRE, monologue comique, en vers, par Georges Feydeau, dit par F. Galipaux, du théâtre du Palais-Royal . . . 1 »

Imprimerie Générale de Châtillon-sur-Seine. — A. Pichat.

www.ingramcontent.com/pod-product-compliance
Lightning Source LLC
LaVergne TN
LVHW010413240826
846091LV00020B/3652

* 9 7 8 2 0 1 9 7 1 8 5 1 0 *